인생의 지피에스GPS

책 만 드 는 집　시인선 048

인생의 지피에스GPS

지
성
찬　시
　　집

책만드는집

근자에는 왕발의 시 「등왕각」이 자주 생각난다.

閣中帝子今何在(누각의 왕자는 지금 어디에 있는가)
檻外長江空自流(난간 밖 긴 강은 부질없이 절로 흘러가
는구나)

이 시에서도 말하고 있듯이 사람은 이 세상에 영원히
살 수 없고, 또 이 세상의 아무것도 소유할 수 없다.

사람은 잠시 외출 중이라고 봐야 할 것이다. 이 외출에
서 만나는 사람은 극히 소수의 사람들이다. 그러하니 그
소수의 사람들이 매우 소중하다.

이 외출에서 만난, 가슴이 따뜻한 김영재 시인이 나의
널브러진 시들을 잘 정돈하여 아름다운 시집을 선물로
주었다. 그 고마운 마음을 무엇으로 답하랴.

이 시집을 통하여 마음을 나누는 귀한 독자를 만난다면 이보다 더 큰 행복은 없을 것이다.

2014년 봄

지성찬

| 차례 |

2부

4부

1부

인생의 지피에스GPS

빤히 보이는 물속
그 깊이를 알 수 없고

투명한 하늘을 봐도
그 거리를 모르겠네

칠십 년
인생을 살아도
알 수 없는 삶의 좌표

물에 대하여

물은 언제나 낮은 곳으로 흘러가서
모여서 샘이 되고 호수를 이루어서
생명의 원천이 되는 사랑의 실천이네

가는 길이 막히면 돌아서 흘러가고
막혀서 갈 수 없다면 기다리며 살아간다
모여서 힘을 보태면 태산도 무너진다

힘이 없어 보이지만 다만 감출 뿐이다
있어도 없어 보이고 없어도 있어 보이는
어디나 그대가 있어 대지는 푸르르다

가보지 못한 마을

욕탕에서 오랜만에 옛 벗을 만났다
옷을 벗고 보니 자랑할 게 없었고
탱탱한 젊음은 없고 늙은 껍질만 물렁하다

벼슬이나 재물이나 다 소용없는 것
욕탕에서 벗은 채 빈손으로 앉았듯이
그렇게 불려 갈 게 분명하다 가보지 못한 마을로

먼 길을 가는 데도 노잣돈은 필요 없다
아무리 알몸에 치장을 한다 해도
모두 다 떼어버리고 옷 한 벌 입혀 보내니

천국 가는 택배 없어 보물 상자 보낼 수 없고
은행 구좌 없으니 송금도 할 수 없는데
아직도 그리 쉬운 이치를 깨우치지 못하니

솔마루 은행나무

오고 가는 행인行人들이 무심코 지나치는
솔마루 은행나무 그렇게 늙어간다
적막도 무거운 뼈대, 천년 하늘 떠받치고

푸석하게 늙어가도 연둣빛 옷을 두르고
열일곱 가슴으로 사랑을 노래하더라
아무리 세월이 흘러도 사랑은 늙지 않더라

하루하루 살다 보면 백 년도 잠깐이더라
봄이면 봄에 취해 여름엔 여름에 취해
그렇게 세월은 가더라 자취 없이 사라지더라

솔마루 놀던 해가 솔숲으로 숨어들면
떠돌이 철새들도 이산포에 발이 묶이고
갈대는 물 위에 뜬 채 흔들리고 있더라

가을엔 모두 버리고 먼 길을 떠나야 하리

세상사 모든 인연, 매듭을 풀어버리고

계절의 문門을 잠근 채 묵시록黙示錄을 읽고 있다

가을나무가 남기고 간 말

이렇게 내 가슴을
활활 타게 불 지르고

수많은 파편들을
어쩌란 말이냐

모두가 바람이구나
헛된 꿈이었구나

무너질 텐데요

돌담을 쌓아보세요
무너질 거예요

예쁘고 커다란 집
튼튼하게 지어보세요

지어서 무엇하게요
곧 무너질 텐데요

다시 삼강주막三江酒幕*에서

수많은 민초들이 밟고 간 삼강三江나루
그때 그 풀빛은 오늘도 푸르른데
역사는 흙에 묻힌 채 흰모래만 곱구나

님을 기다리며 낡아가는 세월 속에
빈 나루에 작은 배가 밧줄로 묶여 있네
가끔씩 먼지바람에 풍문風聞만 쌓여가고

비늘 고운 은어銀魚 떼가 물길 따라 올라오고
회룡포 돌아온 바람, 이 나루를 건널 즈음
끌리는 치맛자락에 연둣빛 물이 드네

회화나무 가지 사이 하늘은 한없이 높고
긴 세월에 남은 것은 썩은 가지뿐이네
육중한 몸으로 하는 말, 눈빛으로 알겠네

봄은 꽃을 들고 문밖에서 기다려도

회화나무 검은 가지는 내다보지 않는구나
한 줄금 비라도 와야 문을 열고 나오려나

칠흑같이 어두운 밤, 등잔불도 약해지면
주모酒母는 열사흘 달을 가슴으로 퍼 담으며
그 밤에 홀로 떠난 님을 물 위에 그려보네

그을린 부엌에는 무쇠솥이 걸터앉아
주인을 땅에 묻고 홀로 남아 무엇 하나
언제쯤 새 주모를 만나 한세상을 끓여보나

거덜 난 팔자 같은 타다 남은 숯검댕이
인생은 타고 또 타는 기름 같은 장작 같은
모두가 타버리고도 아쉬움은 재가 되고

감히 인생을 안다고 말하지 마라
그대 가는 길을 안다고도 말하지 마라

술에나 취하지 않고는 이 강을 건널 수 없네

여기 삼강나루 쉬어 가는 나그네여
사랑은 풀꽃 같은 것, 풀꽃처럼 떠나셔도
천여 필 옥색 비단을 끊고 갈 순 없겠네

* 낙동강과 내성천, 금천의 세 강줄기가 몸을 섞는 삼강.

장월천長月川*의 봄

장월천 봄이 왔네 어디서 만나볼까
꽃다지 작은 꽃잎, 물고 있는 노랑 구슬
그 작은 구슬을 흔드는 그대 손은 곱구나

겨우내 깃을 접던 발이 빨간 산새들과
북풍을 데불고 온 바람새 너도 함께
가만히 문門을 열고 오는 하늘 끝에 올라보라

봄 치마 곱게 수繡놓을 분홍 실을 풀어가며
울타리 엮어나갈 노랑 실 물들이는
별들이 지켜보는 봄밤, 은銀가루가 쏟아지네

수절 과부 홑적삼 같은 목련꽃도 눈부신 날
아이와 손을 잡고 장월천에 나가보면
금金물결 재잘거리며 하늘길을 나서네

* 고양시 일산 송산동 소재의 작은 하천.

장월천의 가을

장월천 맑은 볕이 알몸으로 뒹굴어도
가슴속 그 물결은 그대로 흐르게 하네
구절초 시계 같은 꽃, 하늘을 돌리는데

연분홍 작은 메꽃 등불도 꺼져 있네
억새꽃 눈물로 꺾인 선선한 둑길 따라
가을은 그렇게 빈손으로 돌아서서 가더니

송사리 어린것이 노닐던 유년의 강
빠져도 젖지 않는 하늘이 다가와서
시인만 들을 수 있는 책을 펼쳐 보인다

나 이제 가더라도 예서 너는 있어야 하네
억새꽃 흔들며 오는 고운 님 손을 잡고
철 따라 변하지 않는 꽃, 가슴에 피게 하라

장월천의 겨울

그 많던 꽃과 나비 어디로 날아갔나
억새꽃 두고 떠난 얼굴 없는 바람처럼
장월천 흐르는 물길, 끝 간 데를 모르겠다

비록 풀잎들이 죽은 듯 엎드려도
뿌리에 아픔 묻고 인내로 얻은 생명
꽃으로 봄이 오는 날 이를 증언하리니

장월천에 눈이 오네, 온 세상 눈眼멀도록
은혜恩惠이면 온 세상도 저리 희게 되는 것을
한 폭의 예술이구나, 그 속에서 살고 싶네

물길도 얼어붙어 가는 길이 끊겼지만
깃이 고운 겨울새가 한 번쯤 노래하면
그 곡조 가슴에 안고 이 겨울을 나겠네

가을, 일산 호수공원에서

정발산 가을이 오면 물드는 건 호수공원
서 있는 나무마다 한 폭의 그림인데
붉은 잎 떨구는 가지도 흔들리고 있구나

무슨 물감으로 이렇게 그릴 수 있나
순간으로 머무는 미학의 절정 앞에
나는 왜 여기에 서서 이 그림을 보고 있나

호수에 갇힌 물은 오히려 맑고 푸르다
체념의 순간들을 그대로 안고 누우니
지나는 구름을 보면 나도 구름이 되는구나

행복 처방약 幸福處方藥

사랑은 아름다운 색色의 향기 나르면서
얼룩진 세상을 깨끗하게 만들지요
사랑은 즐겁게 사는 행복의 약이지요

가슴이 터질 듯이 사랑은 뜨거워요
눈에 뵈지 않아도 빛나는 보석이지요
사랑은 만병萬病을 고치는 신기한 약이지요

사랑은 나눌수록 점점 더 자라지요
필요한 사람에게 값없이 주다 보면
그 사랑 다시 살아서 내게 돌아오지요

소멸과 이미지

기억도 희미하고
걷지도 못하시는

아무것도 할 수 없는
백 세 된 장모님은

어느 날 쓰레기가 되었던
내 컴퓨터 화면 같네

사랑의 밭

물이 닿는 곳엔
풀이 자라 꽃이 피고

푸른 숲이 울창하면
새 노래도 들릴 텐데

메마른 마음 밭에는
언제쯤 비가 오려나

원형原型에 대하여

잎은 푸르러도
젊어질 수 없는 고목

장미는 꽃을 피워도
가시는 그대로네

만물은
실존의 경계를
넘을 수가 없는 걸까

남당리* 풍경

늦게야 당도하니 물은 모두 빠져나가고
새조개 삭은 집이 길가에 밟히는데
물 놓친 낡은 어선은 절망만 가득하고

물이 빠져 허허한 갯벌 어디까지 뻗어 있나
푸른 물결 모두 새버린 구멍 난 한평생이
세월의 껍질만 남은 빈 바가지 같구나

큰물에 쓸려 갔으니 무엇인들 남았으랴
건질 것도 눈에 밟힐 아무것도 없는 바닥
이렇게 시원한 풍광을 전엔 미처 몰랐으니

* 충남 홍성, 서부면의 어촌으로 어선들을 거느린 어항漁港.

기다리는 마음은

꽃잎은 문을 잠그고
웅크리고 있을 거예요

곱게 짠 비단을
가슴에 두르고서

문밖에
외출할 봄날
기다리고 있을 거예요

어머니의 행주

본래는 순백색純白色의 깨끗한 손이었다
밥상 닦고 그릇 씻으며 축축이 젖어 살며
낯 한 번 세우지 못하고 해져서 찢긴 세월

어머니는 행주였다 어린 새끼 보살피던
깨끗한 그릇이기를 바라는 마음으로
스스로 쓰레기 되어 흙이 되어 가셨다

사모곡思母曲

어머니 그려보면 가슴벽이 허물어진다
돌멩이가 입을 막듯 도시 말이 나오지 않네
생각도 너무 무거워 건져내지 못하는 한恨

시냇가 얼음물로 세월을 빨던 시린 모습
동짓달 찢겨진 밤에 옷을 깁던 그 손길이
지금도 나를 부르며 살아 계신 어머니

어머니 이름 앞에 무엇을 드릴 수 있나
그 사랑 그리려 해도 그려지지 않는 얼굴
영원히 지워지지 않는 내 마음의 고향 집

겨울 2009/2010

강추위 폭설 위에 얼음판이 미끄러워
벌벌 기어가는 위험한 계단에서
그 누가 넘어질는지 아무도 모른다

햇볕은 따뜻하다, 뉴스는 한결같고
넉넉한 살림살이 살 만한 한국이라나
자살은 왜 그리 많은지 잘못된 게 무엇일까

꺼져가는 이 사회를 감지感知 못 한 사람들
희망 없는 젊은이들 절망의 짐을 지고
이 추운 겨울날들은 어찌 건널 것인가

세상살이 2010

삼십 년 끼고 살던 벽시계를 내다 버렸다
상면上面 유리 깨어져 금이 간 상처에도
아직도 흐르는 세월을 잘도 세며 살고 있다

받을 때와 버릴 때가 다른 것이 세상살이
그렇게 오고 가고 순환하는 법칙으로
오늘도 버리기 위해 물상物像들을 또 만난다

중용지도 中庸之道

물이 따뜻하면
수증기로 올라가고

영하로 추워지면
단단한 얼음으로

적당한
체온을 가지면
부드러운 물이 되네

헌책방에서

때 묻은 책장에서 누렇게 바랜 세월
저렴한 값이지만 생각은 매우 높아
글자로 똑똑히 박혀 살아서 움직인다

먼 훗날 지나는 과객過客, 허름한 헌책방에서
다 낡은 나의 시집을 뒤적여나 볼 것인가
굴곡의 낡은 역사를 기억이나 할 것인가

모두가 썩어져서 버려야 할 잡동사니
기억하든 남아 있든 그 무슨 상관이랴
다시는 돌아올 수도 볼 수도 없는 세상

2부

하늘의 섭리

높은 산 낮은 늪에도
눈과 비는 고루 내리고

선善한 사람 악惡한 사람
모두에게 해를 주셨네

다 같이
이 세상을 떠나
하늘로 가는 여행

은자 隱者

강에는 큰 물고기
많이 살고 있지만

오염된 강물에서
버들치는 살 수가 없어

깊은 산,
맑은 실개천의
그늘 속에 숨어 산다

맑은 물에 대하여

바위틈을 뚫고 나와
갈대숲에 상처 난 몸

자갈밭에 뒹굴어야
물빛으로 살아나서

비로소 맑은 물이 되어
하늘빛이 고이느니

꽃을 피우다 보면

많은 꽃을 피우다 보니
줄기는 말라 가늘고

꽃이 무거우니
고개도 들지 못하네

꽃 없는
느티나무는
천년을 산다는데

아름다운 풍경

가파른 산골짜기
못생긴 돌들이 모여

손을 잡고 가슴 비비며
물을 맑게 닦고 있었네

잘생긴
돌은 없어도
계곡은 아름답더라

이별에 대하여

새봄이 오는 길도,
가는 길도 모르겠네

너는 와서 꽃을 피우고
푸른 잎도 두고 갔지만

꽃잎은 떨어져서도
이별을 울지 않네

꽃보다 아름다운 것

아기가 사랑스럽고
예쁘다고 말합니다

세상에 아름다운 것,
꽃이라고 말합니다

꽃보다 아름다운 것
사랑하는 마음입니다

흐르는 세월 속에

봄이 왔다는데
그늘엔 아직 눈이 있네

흘러간 내 유년의
까마득한 세월처럼

아직도
나뭇가지 끝에
봄은 아득하다

생로병사 生老病死

산에 있는 초목들이
푸르러 보이지만

자세히 살펴보면
생로병사 거기도 있네

거리를
활보闊步하는 사람
그렇게 바뀌듯이

맑은 날, 흐린 날

구름 없는 맑은 날이
좋은 날씨라지만

맑은 날만 계속되면
황량한 사막이 된다

눈과 비,
몸에 젖어야
나무들도 꽃이 핀다

시들한 봄에

봄이 오나 싶었는데
꽃은 이미 시들었고

꽃그늘에 놀던 사람,
어디로 가고 없네

나뭇잎 무성한 가지에
열매는 언제 익을까

다시 찾은 월파정

물에 비친 휘어진 노송老松 아직도 푸르른데
그때 만난 그리운 얼굴 보이지 않네
그렇게 스쳐 지나갔네 좁은 세월의 뒤안길을

올해도 작은 풀은 아프게 꽃망울 달고
터질 듯한 가슴으로 하늘을 바라보네
별빛이 눈을 주는 밤, 가슴 열어 보이겠네

아직도 썩지 못한 채 뒤척이는 낙엽이 있고
월파정 그림자가 호수를 채우고 있네
발길을 서둘지 마라 서녘으로 가는 해여

월파정 곱던 단청丹靑 세월 속에 낡았구나
그때 그 사람이 두고 간 빈자리에
뜨거운 사랑의 불꽃은 꺼질 수가 없으리

월파정 오고 가는 뜨내기 바람들이

귀여운 꽃망울을 발길질하고 가지만
사랑을 기다리는 풀꽃, 이 자리를 떠날 수 없네

목련나무 아래서

일찌감치 꽃을 버리니
나무는 홀가분하다

빛을 먹는 새잎에는
향기 아직 머무는데

푸른빛
날로 더하니
가지마저 늘어간다

개화開花와 낙화落花

지난밤 비바람에 꽃잎이 떨어졌네
꽃잎이 떨어지니 꽃은 찾을 길 없고
진작에 개화는 알았어도 낙화는 미처 몰랐으리

낙화를 걱정하지 마라 그 자리에 열매가 있네
아픔으로 맺은 열매, 아름다운 그림이 되네
일몰日沒 후 붉은 노을이 아름답지 아니한가

낙화 되어도

나무는 피운 꽃이 자신인 줄 알았다
어느 날 갑자기 꽃이 지고 나서야
그 꽃이 그림자였음을 그제사 알았다

꽃은 져도 나무는 울지 않는다
낙화 후에 나뭇잎은 더 많이 더 푸르고
뿌리를 더 크게 키우며 겨울을 생각한다

봄 그리고 가을

1

눈부시게 피었구나 영산홍 붉은 꽃이
해마다 피는 꽃이지만 너무나 곱기만 하다
내 너를 가까이 볼 때마다 유년으로 돌아간다

2

찌그러진 한 노인이 폐지를 줍는다
오늘 아침 새 신문도 저녁에는 폐지가 된다
꽃처럼 환한 젊은이들 어떻게 나를 볼까

흙, 그 어둠 속에서

꽃씨는 꽃에서 태어난 유산이지만
꽃에서 떨어져서 흙 속에 묻힌 후에야
생명의 옷을 다시 입고서 살아나 꽃을 피운다

골짜기에 흐르는 물

가파른 골짜기에
넘어지고 깨어지면서

때로는 거품을 물고
기절하면서까지

모든 것
다 털어버리니
맑은 옷을 입었구나

색소폰을 부는 노인

봄꽃이 지고 나니 허전한 오후였다
노인이 그늘에서 색소폰을 불고 있네
묻혔던 피 같은 사연 한없이 뽑아낸다

슬퍼서 아름다운 인생의 뒤안길이
천천히 흘러내리는 선율로 흔들릴 때
호수의 푸른 물결도 얼굴이 파래졌다

남도의 노래

남도에 매화꽃이 눈 속에 피었다기에
모든 것 훌훌 털고 남도를 가는 중이다
햇살도 어깨에 내리는 비단 같은 봄날에

가슴으로 너를 안고 마음을 주러 간다
봄보리 푸른 잎이 바람에 흔들릴 때
유년의 깊은 골짜기에 터질 듯한 꽃봉오리

아무리 흘러가도 영산강은 마르지 않네
세월은 늙었어도 꽃은 늙지 않는다네
물결에 흔들리면서 꽃은 피고 진다네

영산강은 흐른다

영산강 가는 길에 하늘빛은 참 곱구나
앞서 가는 흰 구름이 그림을 그리는데
다시 본 영산강에는 물만 차고 넘치네

오늘 보는 네 얼굴이 그 옛날 같지 않네
이 강을 건너갔던 수많은 발자국에
피어난 작은 들국화 바람에 흔들리네

흔들리는 물결에도 다시 핀 작은 풀꽃
기나긴 세월에도 늙지를 않았구나
물새가 날아오르면 흔들리는 영산강

대나무를 노래함

마음을 비웠으니 당당하게 서 있구나
하늘만 우러르며 꼿꼿하게 자란 풍모
비바람 뒤흔들어도 쓰러지는 굴욕 없고

따듯한 터를 잡아 맑은 물을 마시면서
본래는 둥근 몸에 고운 가락 지니고서
천상에 내 집을 짓는 믿음으로 살아간다

사군자四君子

매梅

매화 가지 끝에 꽃이 앉아 봄을 부르네
아직 벌 나비는 봄소식을 듣지 못해도
보내는 맑은 향기를 천 리 밖에서 먼저 아네

난蘭

잎은 비록 약해서 바람에 흔들릴지라도
결코 꺾이지 않는 푸른빛을 잃지 않네
생각을 뿌리에 두고 꽃으로 말을 한다

국菊

좋은 세월 다 버리고 쓸쓸한 이 가을에
어째서 홀로 서서 차가운 밤을 지키느냐
겨울을 앞에 두고도 꽃빛은 너무 맑구나

죽竹

마음을 비우고 나니 당당하고 꼿꼿하구나

맑은 바람 잎을 만나니 한 소절 노래가 되네
잡풀도 다가서지 못하네 곧고 푸른 풍모에

가치에 대하여

누가 흘렸을까
길가에 동전 십 원

명색이 돈인데도
거들떠보지 않네

동전에 새겨진 다보탑,
보물 그림도 무색하다

3부

뿌리

장미가 담장을 따라

기어가다 꽃을 피웠네

지나는 사람들이

꽃을 따서 가져갔지만

마음은 뿌리에 있어

가져갈 수 없었네

예수님

돈도 없고 권력도 없는
힘없는 젊은 사람

집 한 채 없는 예수는
누울 자리도 없었지만

지금도
우리 가슴에
예수님은 살아 계셔요

따듯함에 대하여

따듯한 눈빛으로 겨울나무에 다가서면
파란 손을 내밀며 웃으며 걸어 나온다
밝은 빛 옷에 뿌리면 꽃을 피워 웃는다

그대여 겨울나무에 다가선 적이 있는가
조금은 금 간 허리에 따듯한 손을 얹고
힘겹게 수액을 빨아올리는 그 소리를 들은 적이 있느냐

이별 그리고

눈 쌓인 고갯길에
동짓달을 두고 가네

늙은 에미 홀로 두고
떠나가는 꽃가마여

초승달 은장도 칼빛이
하늘을 찌르는 밤

깊고 높음에 대하여

물은 깊어져야
그 빛이 푸르르고

산은 높이 앉아야
큰 나무를 안을 수 있네

산과 물
잘 어우러지니
해와 달이 예서 머무네

구름 속에 해가 있다

느닷없는 소나기를 정거장에서 피했는데
버스는 빗속에서도 손님을 실어 나르고
잠시 뒤 비는 그치고 구름 속 해는 웃었다

억새꽃이 또 피었네

초가을 억새꽃이 은銀실로 피어났네
그 무슨 세상살이 그리도 신이 나서
춤추며 하늘을 돌리는 철부지 같은 바람

꽃은 피워 무엇하나 질 때를 네가 아느냐
언제나 변두리에 쓸모없는 비탈에서
그 누가 반길 거라고 올해도 피었구나

수없이 피다 보면 좋은 날이 오겠지요
진달래 개나리보다 억새꽃이 좋다는 가을
시절이 변하고 보니 사람들도 변하느니

죽은 나비의 꿈

수북이 번데기를 쌓아놓고 팔고 있네
나비의 꿈 못 이루고 어린 벌레로 죽은 몸을
가만히 생각해보면 무서운 삶의 현장

누에 눈에 비친 사람은 어떤 모습일까
살던 집 몽땅 빼앗고 목숨까지 앗아 갔으니
참으로 못할 짓인 거 생각조차 못 한다.

고희古稀쯤 되고 보면

나뭇잎도 다 떨어진 늦가을 숲 속 길을
낙엽을 밟으면서 홀로 걷는 그런 기분
구절초 꽃이라도 만나면 가슴이 환해진다

은빛보다 반짝이던 젊은 날의 파도처럼
수없이 오고 가도 흔적 없는 바다 물길
상처를 내지 말아요 당신이 앉은 자리에

들풀도 때가 되면 꽃이 피어 웃는데
사람은 어느 때쯤 꽃을 피워 웃을거나
얼굴에 꽃을 피우는 그런 꽃은 어떨까요

대나무

노래를 연주하는 피리가 되기도 하고
생명을 살상하는 무기도 되는 대나무
마음에 그리는 그림이 아름다워야 하느니

벌레와의 동거 同居

하나둘 빠지더니 몇 개만 남은 이빨
그렇게 떨어져 나가 시드는 몸과 마음
딱딱한 세상 음식을 더는 씹을 수 없게 되고

이렇게 이가 빠진 것 다 내 탓이거니
단것과 맛있는 것만 골라 먹는 습관 탓에
벌레가 입안 가득히 집을 짓고 살았구나

호박 넝쿨 그 허세虛勢

작은 한구석에 봄을 심어 올린 울타리
파도처럼 출렁이던 호박 넝쿨 그 위세를
지켜본 많은 풀들이 부럽게 생각했지

어느 날 심술궂은 아이들이 다가와서
슬그머니 그 뿌리를 뽑아버리고 나니
그렇게 힘없는 풀이라는 걸, 그제사 알았지요

자기의 근본 뿌리가 힘없이 뽑힐 줄이야
전혀 예상치 못한 한여름 어두운 밤의
자신을 돌아보지 못한 허망한 꿈이었다

풀도 꽃을 피우는데

길을 가다 작고 고운 풀꽃을 만났지요
흙에 잠시 발을 묻고 사는 풀도 꽃을 피우는데
나는 왜 저 풀꽃처럼 꽃 피울 수 없는 걸까

수구초심首丘初心의 노래

돌아가 살고파라 내 고향 안성 신흥동
진홍빛 꽃이 물든 도그머리 바위산에서
지평선 찬란한 노을을 품에 안고 싶어라

나 홀로 즐겨 찾던 산딸기 익던 골짜기
유년의 그 하늘은 한없이 높았었네
지금도 하얀 찔레꽃 꿈속에서 피고 지네

그때 그 풀빛은 처음처럼 푸르르고
그 냇물 끊기지 않고 쉬임 없이 흘러오네
긴말이 필요치 않더라 세상사 사는 일에

인생은 슬픈 것도 기쁜 것도 아니거니
발길 놓이는 대로 천천히 걷다 보면
그 작은 풀꽃에서도 참사랑을 듣는다네

두 손에 무엇인가 잡으려고 하지 마라

모두 다 내려놓고 가야 할 인생임을
언젠가 돌아갈 본향 그날을 꼭 기억하라

다시 여수에 와서

풍만한 여인이 누워 사랑을 안고 있네
맑은 물 뚝뚝 흐르는 허리쯤 동백이 피면
가만히 다리를 뻗어 돌산에 올려놓네

하늘도 옥빛 자락, 화선지에 비쳐 오면
꿈처럼 멀리 뵈는 섬들이 일어서서
일출日出의 뜨거운 바다, 눈물로 바라보네

금오산 나무들이 바다에 편지를 쓴다
물결은 잠잠해도 물빛은 너무 깊은데
바다가 물새를 기른 까닭을 오늘에사 알겠네

무서운 태풍에도 구겨지지 않는 바다
영광의 긴 세월을 가슴 깊이 감추면서
수많은 식솔을 거느린 높은 산도 부러워 않네

가벼운 마음으로 많던 짐도 다 내리고

짐을 싣고 떠나려는 포구의 화물선들
골짜기 그림자 내리면 그도 함께 싣고 가라

산은 높되 물은 깊어 풍광을 그릴 수 없네
절벽에 발을 딛고 뛰어내릴 듯한 나무들
하늘도 여기에 와서는 얼굴빛이 파래진다

옛날 그 물빛을 내 여기서 다시 보네
돌산의 갓김치가 입맛을 돋우는 저녁
한 구절 시가 있으니 호사스런 밤이어라

풍경風磬

드높아 적막한 집,
처마 끝에 묶인 채로

바람의 회초리에
홀로 울던 아픈 세월

지척의
거리를 하고도
지상地上엔 닿을 수 없네

열매, 그 아름다운 생명

꽃은 온몸으로 그린 얼굴이다
꽃이 진 자리에 혼이 사는 작은 그 집
죽어서 살아나는 생명, 그 영원한 안식처여

심학산尋鶴山 시가초詩歌抄

1. 봄풀은 다시 푸르러라

깊은 산속 오막살이 집 한 채 앉아 있네
뜰아래 가득한 살구꽃도 환한 적막
주인은 집을 떠났어도 봄풀은 다시 푸르러라

2. 벚꽃이 지다

꽃이 진다 꽃이 진다 화려한 벚꽃이 진다
꽃이 지고 나서 꽃의 마음을 아느니
내게도 벚꽃 같은 날 그런 날이 있었네

3. 할미꽃이 찾아왔다

양평의 동생 집에 할미꽃이 앉아 있다

그 옛날 고향 산에 봄마다 피던 얼굴
아직도 귓가의 솜털은 가시지도 않았구나

4. 마네킹 인생

명품名品 걸친 마네킹 불빛으로 환한 얼굴
최첨단 유행 디자인 무늬도 화려하다
체온이 없는 마네킹, 그리 사는 우리 인생

5. 옷을 벗고 목욕을 하면

세상사로 땀 흘리면 목욕을 할 일이다
내가 내 몸을 보며 맑은 물로 씻고 나서
이름도 내려놓으면 더 가벼운 몸뚱이

겨울 심학산

심학산 눈이 내리면 나무는 신선이 된다
하늘의 은혜로써 깨끗한 옷을 입고
천천히 산을 오르며 경건히 기도를 한다

이름 모를 잡풀도 가슴에는 꽃을 달고
산새의 멜로디에 색을 입히는 오후
은빛의 책장을 넘기면 한 권의 시집이 된다

겨울 철새

꽃이 피는 이 계절을
너는 항시 외면하고

동토凍土에만 길들여진
이상한 혈족이구나

그대는
가슴 뜨거운
사랑의 편지인 게야

연단鍊鍛

불꽃도 베어 먹는
명검名劍의 푸른 칼날

혼절된 쇳물이 되어
쇠망치로 죽었기에

태어난 명품名品의 이름,
연단鍊鍛은 축복이었다

씨앗, 그 진리

껍질은 씨앗을 보호하는 벽壁이지만
벽 안에 갇혀 있으면 세상을 보지 못한다
보호막 그것을 찢어야 새 하늘이 보인다

풍물시장風物市場

특별시 서울 황학동 풍물시장 둘러보면
파산한 부잣집에 들어온 듯 착각한다
세월에 부대낀 상처로 숨 쉬는 만물상萬物相들

눈물로 얼룩진 화폭, 주정酒酊에 고장 난 전축
실밥 터진 옷가지들, 금이 간 부엌 그릇
세월은 그리도 아픈가 헐값에 묶인 가격

병풍의 그림만은 예리한 칼로 도려낸다
꽃을 찾는 호랑나비 훨훨 날아오르는데
아직도 꺾인 난초 잎이 흔들리고 있구나

겉장이 찢겨 나간 순정소설純情小說 책갈피에
납작한 시간으로 곱게 접힌 연서戀書 한 장
연인의 육필肉筆 글씨는 아직도 따듯하다

무엇인가 물려주려 생각을 하지 마라

오래도록 쓰려고 쌓아둘 생각 마라
쌓으면 썩어버리고 도적이 들끓는다

순댓국 선지해장국, 인생은 참 뜨거운 국밥
열무김치 풋고추가 시퍼렇게 꼬나본다
사는 게 별것이더냐 마음 편히 사는 거다

봄비, 그 판타지

1
찡그린 하늘에서 눈물이 흘러내리네
겨우내 흙 속에 묻혔던 눈먼 풀들이
어둠을 씻어버리고 눈을 뜨며 일어선다

2
이웃을 위해서 눈물의 기도를 했나
너를 위해 울어줄 사람 몇이나 있나
눈물은 사랑의 향기, 신묘한 약이어라

4부

내가 없더라도

올봄에도 꽃은 피고
가을에 또 잎은 지네

내가 없더라도
꽃이 피고 잎은 질 것이니

사람도
하나의 나뭇잎
또는 꽃잎 같은 것

밥통의 가치

검진 결과 암세포가 있다는 의사의 말
수술 날짜 오월 십육일 어머니 소천하신 날
엄청난 사건 앞에서 오히려 담담했다

큰 병원 출입이야 남의 일로 생각했다
폐차장에 찌그러진 고철古鐵 더미 떠오르고
그 옛날 수술실 흑백사진 속 어머니 그 모습도

누워 있는 수술 침대로 다가온 섬뜩한 조명
마취에 점령된 생명, 죽음의 연습실에서
되돌려 받은 의식의 빛, 상황은 끝이 났다

평생토록 온갖 잡것 밥통만 채워왔다
귀하신 그 밥통이 칼날에 잘려 나가니
그제사 밥통의 가치價値를 처음으로 알았다

흙으로 돌아가네

1
만져본 지 얼마 만인가 그 따듯한 흙의 내음
감자씨를 꾹꾹 눌러 흙으로 덮고 보니
어릴 적 보랏빛 감자꽃 가슴에서 먼저 피네

상추 쑥갓 강낭콩을 고랑에 누이고서
손으로 흙을 밀어 가만히 안아주니
마음엔 자줏빛 강낭콩 꽃이 먼저 피어오른다

2
살아가는 삶의 비밀이 흙 속에 숨어 있네
흙에서 자란 풀과 나무의 열매를 먹는
사람은 흙을 먹고 사는 일년초 풀과 같거니

종국에는 살과 뼈를 흙 속에 돌려주니
영원히 변치 않는 흙 속에 진리가 있네
흙 위에 쌓은 모든 것, 흙으로 돌아가네

위험한 세상

큰물에 나가 놀면
더 큰 세상 있다기에

산골의 작은 물고기
큰 강으로 갔었지요

큰 강엔
그물과 낚시가
숨어 있을 줄 몰랐지요

문밖에 버려지다

멀쩡한 벽시계가
철문 밖에 버려졌다

일곱 시를 조금 넘은
시간을 가리키는

아직도
일몰日沒의 시간
한두 뼘은 남았는데

거울

내 가슴엔 작은 거울 하나가 있습니다
내 얼굴을 비출 때면 슬쩍 감추면서도
미움이 솟구치면은 재빨리 꺼내 든다

구석에 오래 두어 먼지가 쌓인 거울
꺼내 보기 싫어서 상자 속에 가두었다
어쩌다 꺼내 보고는 다시 감춰두었다

원죄와 본성

그렇게도 일러왔건만 뚜껑을 열어두어

꿀단지에 빠져 죽은 파리가 여러 마리

죽는 줄 뻔히 알면서 달콤한 그 독약을

고구마, 모두 썩었어요

썩은 부위 골라내어 칼로 도려내니

그나마 성한 부분은 반의반도 아니 되네

청문회 텔레비전 화면을 끄고 싶어진다

우리네 사는 것이

1
큰 집을 지어보고자 기둥감을 찾아 나섰다

굵기는 어지간한데 휘어져 쓸 수 없었네

그 틈에 어린 나무들 그늘에 갇혀 있고

2
길을 가다 풀꽃을 만나 잠시 들여다보고

새들의 노랫소리에 잠시 귀를 빼앗기네

언덕에 홀로 앉으니 하늘길은 멀구나

하회河回마을 소고小考

차마 이 땅 범할 수 없어 강도 돌아 흘렀거니
대대로 이은 핏줄, 뿌리내린 천년 세월
내당內堂의 대청마루에 가을볕이 고와라

아가의 눈빛으로 감꽃이 피어난다
노을빛 가슴에 담아 잘 익은 붉은 홍시
늦가을 서리 아침에 꽃빛보다 넘치네

강가의 병풍바위 누가 세운 그림일까
노송이 앞에 서서 비바람을 막고 있네
물빛도 너무 맑아서 다가설 수 없어라

구름도 여기에선 한 송이 꽃으로 핀다
북녘으로 가는 철새는 하룻밤 인연에도
가슴에 그림 한 폭을 가슴에 품고 간다

종갓집 쪽마루가 금이 가 벌어졌어도

아직도 섬돌 위에 반듯이 놓인 신발
빛바랜 족보 글씨가 아직도 선명하다

가는 길이 달랐다

거기서 두 사람은 가는 길을 달리했다
한 친구는 동東으로 가는 험한 길을 택하였고
등 돌린 다른 친구는 고속도로 접어들고

동東으로 가는 길은 가파르고 험하여서
몇 번이고 쉬었다가 조심스레 운전하여
조금은 늦은 시간에 바다 일출日出을 만났다

탁 트인 고속도로 쾌속으로 내달렸다
상쾌한 기분도 잠시 지루한 여행길에
경계를 넘은 검은 세단은 고철古鐵로 망가졌다

파리와 꿀벌

비슷한 날개를 달고 훨훨 날아다니지만
찾는 곳이 서로 다른 꿀벌과 파리 떼들
조금도 통할 수 없는 그들의 질긴 본성

파리는 언제고 맛만 찾아 헤맨다
단것도 맛이 있고 오물汚物도 맛이 있는
식성이 너무나 좋은 파리의 유전자

아무리 허기져도 꽃만 찾아 나서는 꿀벌
가슴에 꿀을 담고 다리에 꽃가루 묻혀
여왕께 온몸을 바치는 신실한 종이어라

남해南海 가천마을 사람들

사는 일에 맥이 풀리면 가천마을을 가보아라
사방四方이 막혔어도 길을 찾아 사는 사람들
바위틈 서리 서리에 불로초를 키운다네

고사리 산나물로 입맛을 돋우는 봄에
은비늘 멸치 떼가 꽃파도로 넘어오면
장부의 검붉은 몸에 힘이 불끈 솟는다네

가슴에 눈물처럼 맑은 빗물 모두어서
가파른 다랑논에 약수로 흘려보내면
생금生金빛 사랑이 익는 열매를 안고 웃네

마음의 티끌이사 먼 바다로 씻어내고
칠흑의 축축한 밤도 결코 무섭지 않은
믿음의 큰 산을 베고 누우면 천사 품에 안기네

수많은 사람들이 이 흙에서 나서 자라도

모든 것 두고 가더라 그냥 두고 가더라
손으로 잡을 수 있는 게 이 세상엔 없더라

두 사람의 이야기

길을 가다 소경을 만나 애기를 나누다가
좋은 세상 구경 못 하는 소경에게
아쉬운 동정의 말로 위로를 보냈는데

어디로 가시는가 소경이 물어본다
팔자 좋은 구경만 하다 어디로 가시는가
당신의 눈에 비친 것, 없어질 그림자라

내 비록 보지 못해도 진리는 듣고 살았네
세상 것을 보지 못하나 하늘나라는 보며 사네
영원히 변하지 않는 그런 그림 보고 사네

남해 상주리尙州里 석각石刻을 만나다

바위에 혼魂을 새기는 것 어떻게 알았을까
새 생명 불어넣으니 바위도 살아난다
선사先史의 그 신새벽에도 역사는 있었을 터

무슨 뜻 무슨 이유를 어찌 다 알 수 있나
설사 안다고 해도 대수롭지 않을 일들
그 몇 번 뒤집어졌을까 태초의 산천경계

능력이 있다 한들 얼마큼 힘이 되며
지혜가 있다 한들 이 우주를 만들겠나
풀포기 하나도 만들 수 없는 미약한 존재임을

한자리 굳게 지켜 외곬으로 바라보며
기다리다 만난 인연 성스러운 기적이어라
하찮은 풀꽃이 피어도 세상은 참 경이롭구나

남해 용문사의 밤

올해도 작은 풀은 꽃망울 아프게 달고
초록빛 실핏줄로 하늘에 선을 그으면
별들이 보석으로 박히는 가슴 열어 보이네

호구산에 바람이 불면 달빛도 흔들린다
풀벌레 울음소리 바람결에 실려 오고
생각이 숲을 이루니 온몸에 바늘이 돋네

대웅전 붉은 기둥에 온몸으로 감기는 달빛
갈대밭 피리 소리 아프게 꺾여 울면
석불石佛도 자리에서 일어나 바람처럼 거닌다네

처마에 고운 단청 세월 속에 낡아간다
그때 그 사람이 두고 간 빈자리엔
사랑의 뜨거운 불꽃 꺼질 수가 없으리

서포西浦를 꿈꾸며 사는
남해 노도櫓島* 사람들

차라리 시정市井과는 인연을 끊고 싶었다
한 걸음 두 걸음씩 거리를 두다 보니
서포는 넉넉한 경계境界에 누울 수가 있었네

하늘 바라 사는 사람, 물빛도 천상天上 빛이네
절도絶島의 깊은 밤엔 별을 따는 사람들
가슴과 두 손을 비우니 바람처럼 홀가분하다

노도에선 풀꽃들이 품격 높은 귀족이어라
물새가 알을 낳는 사랑의 계절에는
깃 고운 나래의 비상이 하늘 현絃을 고르나니

결코 외롭지 않네 바다를 수繡놓는 어족魚族
마음이 섬으로 뜨면 배 한 척을 놓아주리
파도를 잘도 넘더라 출렁이며 잘도 가더라

* 서포 김만중金萬重의 유배지로 남해군의 작은 섬.

남해 노도에서 서포 김만중을 만나다

남해 노량 바다 건너 노도에 버려져서
도저히 풀릴 수 없는 절망의 섬에 앉아
목숨도 호롱불 같은 심지에 불을 붙여 밝혔나니

망나니 해풍으로 외등 불도 꺼지던 날
사방이 절벽이구나 아득한 밤바다여
바람에 우는 잡목도 잠들 수가 없었으리

꿈속에 구름 타고 선계仙界를 거닐던 서포
눈으로는 볼 수 없어 마음에 그린 고향에
눈물로 먹을 갈아서 모친께 올린 편지

섬에 핀 풀꽃들도 서포 같은 심사려니
한 마리 나비라도 봄소식을 싣고 오면
마음은 나래를 달고 천상天上에 올랐으리

참았던 눈물처럼 꽃잎으로 지던 세월

이 겨울 동백꽃은 왜 이리 뜨거운가
그대의 가슴속에는 무슨 꽃이 피었는가

가슴에 시원한 물길 끊긴 지 오래지만
돌 틈 사이 흐르는 석간수石間水를 마시면
초가草家에 발을 뻗어도 마음은 극락極樂이었으리

효자라 차마 눈을 감을 수가 없었으리
육신의 뼈와 살은 흔적 없이 썩었지만
오늘도 그 이름 살아 있어서 서포 선생을 뵙게 되네

서포는 가고 없어도 그때 솔나무 곁에 있네
증언할 말이 많은지 솔잎은 무성하다
오늘도 금金빛 노을이 만萬근처럼 중重하구나

육신과 영혼

패션으로 꾸미고서 보석으로 빛을 낸다
길거리 자랑하며 흘려보낸 세월이여
흙으로 돌아간다네 잘 꾸민 그 몸뚱이

육신의 은밀한 곳 옷으로 가리지만
부패한 영혼은 가릴 수 없는 경계
보이지 않는 사랑은 시들지 않는 꽃인데

작은 새 한 마리가

산은 정좌正坐한 채 점잔을 빼고 있고

봄꽃이 화려하게 나들이를 하는 오후

한 마리 산새가 울어도 꽃빛은 흔들린다

작은 돌멩이

호수가 조용하니
하늘이 들여다본다

지나던 아이가
무심코 던진 작은 돌멩이에

호수도
하늘도 함께 울더라
구겨진 그림으로

작은 풀

가녀린 몸집이라서 발길에 짓밟히고
간신히 피운 꽃도 봐주는 이 없는 나는
별빛이 밤을 덮으면 온몸이 이슬이네

아무리 봄볕이 아름답다 말하지만
대지를 파랗게 수를 놓는 우리 손길
생명의 질긴 끈을 이어가는 우리가 바로 주인이다

녹록지 않은 인생이여

육십 대 노부부가 바다에 몸을 던져
아직도 시퍼런 목숨 스스로 끊은 걸 보면
삶이란 그리 녹록한 게 아니라는 말이지

이승을 건너가는 제주도행 배를 타고
이 세상 마지막 소풍을 왔던 부부의 끈
그 바다 푸른 파도에 미련 없이 풀었거니

이 가을 들녘에서 바라보는 세상이여
뿌연 티끌처럼 널브러진 구석마다
힘없이 무너져 내린 줄기들이 꼬여 있다

왜 눈물이 나는 걸까 이 같은 소식 앞에
지금쯤 눈물샘이 말랐을 법하건마는
늙어도 흘릴 수 있는 눈물은 아름다워라

감옥에 산다

크고 높은 집을 지었다 많은 돈을 풀어내어
이것저것 사서 모아 욕심껏 쌓아놓고서
가시가 달린 철망을 담장 위에 둘렀다

그 집에 홀로 앉아 밖에는 나갈 일 없고
가진 것 지킨다며 스스로 갇혀 산다
감옥이 따로 없는 겨, 그게 바로 감옥이지

물의 미학

이솔희 시인

　서구적 인식과는 달리 동양에 있어서 인간과 자연의 관계는 언제나 조화와 합일을 추구하여 물아일체物我一體와 천인합일天人合一의 경지를 꿈꾸어 왔다. 공자의 지자요수知者樂水, 인자요산仁者樂山이 이를 잘 말해준다. 지성찬 시인의 시관詩觀의 뿌리는 물아일체와 천인합일의 경지를 꿈꾸는 동양사상에 닿아 있다.

　빤히 보이는 물속
　그 깊이를 알 수 없고

　투명한 하늘을 봐도

그 거리를 모르겠네

칠십 년
인생을 살아도
알 수 없는 삶의 좌표
―「인생의 지피에스GPS」 전문

「인생의 지피에스GPS」에서 지성찬 시인은 삶의 좌표를 자
연을 통해 찾고 있다. 그러나 시적 자아는 칠십 년 인생을 살
았음에도 삶의 올바른 지침이 되는 '물'이나 '하늘'을 통해 그
좌표를 읽을 수 없다고 자탄하고 있다. 자연과 완전한 조화
를 이루지 못했음을 한탄하고 있는 것이다. 그러나 이러한
생각은 겸손에서 비롯된 것이다. 그는 시조뿐만 아니라 음
악, 미술 분야에서 뛰어난 기량을 보이고 있다. 이는 자연의
좌표를 분석함에 있어 범인의 경지를 훨씬 넘었음을 반증하
는 것이다.

지성찬 시인은 1942년 충북 충주에서 출생하여 안성에서
성장하였다. 청소년기부터 문예 창작에 뛰어난 소질이 있어
1958년 안법고교 백일장에서 장원을 했다. 그 후 연세대에서
경영학을 수학하는 중에도 창작 공부를 꾸준히 하여 각종 문
예 백일장 대회에서 우수한 성적을 거두었다. 1980년《시조

문학》추천으로 문단 활동을 시작하여 한국시조시인협회 이사를 역임, 전국백일장 심사, 중앙일보 지상백일장 심사 등 지금까지 시조의 위상을 높이기 위해 꾸준히 애쓰고 있다. 시조뿐만 아니라 가곡이나 미술에도 뛰어난 실력을 보이고 있어 2013년 한국예술작가상을 수상했다. 중등 1학년 국어 교과서에 수필 「깨끗한 그릇」이 실렸다.

시조집으로 『서울에 사는 귀뚜리야』(우수문학작품 창작지원 도서로 선정), 『가을 엽서』(문예진흥기금 지원), 『서울의 강』, 『하늘에서 보낸 편지』, 『대화동 일기』 등 다수의 시집이 있으며 시조선집으로 『백마에서 온 편지』(우리시대 우리시조 100인선)가 있다. 문예지에 월평, 계간평, 시집 해설 등과 다수의 수필을 발표하였다. 합창곡집으로 『예수 그리스도 다시 사셨도다』가 있다.

언어는 세계 인식의 매체이다. 따라서 시인은 그의 사유와 표현을 언어를 통해 드러낸다. 지성찬 시인은 '물'과 관련된 언어를 많이 사용하고 있다. 앞에서 살펴본 바와 같이 그가 자연 가운데 특히 물과 합일合一코자 하는 마음이 내재해 있는 까닭이다. 가스통 바슐라르는 『물과 꿈』에서 물을 일컬어 "운명의 한 타입이며, 유동하는 이미지의 공허한 운명, 미완성된 꿈의 공허한 운명이 아닌 존재의 실체를 끊임없이 변모시키는 근원적 운명"이라 했다. 물은 심연의 깊이와 표면의

넓이, 파문이 일고 흐르는 등의 물리적인 속성을 통해 자유로운 상상을 펼치도록 유도하며, 이는 삶의 잣대로 시인의 가슴에 내재되어 창작의 형태로 나타나는 것이다.

지성찬 시인의 시조 작품 속에서 '물'의 이미지는 다양한 형태로 나타나 시인 자신의 자화상이 됨과 동시에 삶의 지표가 되고 있으며 한 걸음 더 나아가 길을 잃고 헤매는 독자들에게 따뜻한 등대가 되어주고 있다.

물은 언제나 낮은 곳으로 흘러가서
모여서 샘이 되고 호수를 이루어서
생명의 원천이 되는 사랑의 실천이네

가는 길이 막히면 돌아서 흘러가고
막혀서 갈 수 없다면 기다리며 살아간다
모여서 힘을 보태면 태산도 무너진다

힘이 없어 보이지만 다만 감출 뿐이다
있어도 없어 보이고 없어도 있어 보이는
어디나 그대가 있어 대지는 푸르르다
―「물에 대하여」 전문

시조 작품 「물에 대하여」에 나타난 물의 이미지는 먼저 두 가지 유형으로 나누어 살펴볼 수 있다. 높은 곳에서 낮은 곳으로 스스로를 낮추는 '흐르는 유형', 생명의 원천이 되고 사랑의 실천이 되는 '고여 있는 유형'이다. 이 외에 중용의 도를 추구하는 '변모하는 유형'을 더하여 세 가지 유형으로 나누어볼 수 있다. 이들 세 유형은 지성찬 시인이 물을 시적 언어로 선택하여 다가가는 상징적 이미지이며 그의 시 세계를 열어 보이는 주제 의식이기도 하다.

이러한 세계는 또한 물처럼 항상 겸손한 마음으로 타인의 삶에 다가가 생명의 원천이 되고 사랑의 실천이 되고자 했던 그의 의지가 강하게 표현되고 있는 것이라 할 수 있다. 따라서 지성찬 시인의 시적 언어는 물처럼 자신을 더욱 낮추고 타인에게 다가가 생명의 원천이 되고 사랑의 실천이 되고자 하는 그의 마음이 일상어인 구체어를 통한 이미지 형상화로 드러나고 있는 것이다.

1. 이동하는 물 : 겸손 이미지

이동하는 물의 속성을 살펴보면 위에서 아래로 흐른다. 산에서 바다로, 하늘에서 땅으로 내려온다. 항상 높은 곳에서 낮은 곳으로 이동한다. 우리 인간의 욕망과는 사뭇 대조적이다. 인간세계에서는 대부분의 경우, 어떻게든 좀 더 높은 지위에 올라가기 위해 온갖 수단 방법을 동원한다. 그러나 지성찬 시인의 태도에는 겸손이 배어 있다. 언제나 물을 닮고 싶은 마음을 가슴에 품고 산 때문일 것이다.

> 가는 길이 막히면 돌아서 흘러가고
> 막혀서 갈 수 없다면 기다리며 살아간다
> 모여서 힘을 보태면 태산도 무너진다
> ―「물에 대하여」2연

물은 언제나 낮은 곳으로 흐르는 속성이 있지만 때로는 장애물을 만나 흐르지 못하는 경우가 있다. 물의 성질에 비추어 볼 때 큰 어려움에 봉착한 것이라 할 수 있다. 이러한 어려움 앞에서도 물은 그다지 실망하지 않는다. 자신과 미래에 대한 믿음이 있기 때문이다. 즉, 기다리고 있으면 다시 길이 열릴 것이라는 것을 알기 때문이다. 더불어 어려움 앞에서는 서로 뭉칠 수 있는 협동심도 가지고 있다. 이러한 부분이 우리 인간들이 보고 통찰을 얻어야 할 부분이라는 것을 지성찬 시인은 강요하지 않고 겸손과 끈기와 믿음과 협동심을 겸비한 물의 이미지를 그대로 펼쳐 보이는 방법으로 독자를 설득

하고 있다.

힘이 없어 보이지만 다만 감출 뿐이다
있어도 없어 보이고 없어도 있어 보이는
어디나 그대가 있어 대지는 푸르르다
―「물에 대하여」3연

평소에 흘러가는 강물을 보고 있으면 한없이 부드럽다. 거기다 노을이 비치거나 안개라도 감싸면 신비롭기까지 하다. 그러나 물의 속성이 부드러움과 아름다움에만 있는 것은 아니다. 폭우가 쏟아지면 물은 무섭게 회오리치며 집과 들을 삼키기도 한다. 이처럼 물은 강함과 부드러움을 동시에 지니고 있지만 특별한 경우가 아니면 그 강함을 드러내지 않고 감춘다. 겸손하기 때문이다.

높은 산 낮은 늪에도
눈과 비는 고루 내리고
―「하늘의 섭리」1연

겸손이 몸에 밴 물은 자신이 모든 우주 생명의 원천이 된다고 하여 절대 자만하지 않는다. 마음에 드는 대상이라고 하여 물을 많이 주고 마음에 들지 않는다고 하여 적게 주지 않는다. 높은 산이나 낮은 늪이나 언제나 골고루 비(물)를 뿌려준다.

지성찬 시인은 이동하는 물의 이미지를 통해 겸손의 미덕을 전달하고 있다. 3장의 형식을 유지하고 있으며 의미를 전달함에 있어 시조의 격조는 장별 배행, 구별 배행, 자수의 융통성 등을 통해 자유롭게 구사하고 있다. 시조의 형식을 취하고 있으되 그 의미 전달에 있어서는 제약이 없어, 자유로운 율동은 의미를 증폭시키고 있다.

2. 고여 있는 물 : 생명 이미지

물은 이동하는(흐르는) 속성을 가지고 있으나 때로는 고여 있을 때도 있다. 흐르는 길목에 장애물이 있어 그러할 경우도 있지만 물 스스로의 자의自意에 의해 고여 있는 경우도 있다.

물이 닿는 곳엔
풀이 자라 꽃이 피고

푸른 숲이 울창하면

새 노래도 들릴 텐데

메마른 마음 밭에는
언제쯤 비가 오려나
—「사랑의 밭」 전문

모여서 샘이 되고 호수를 이루어서
생명의 원천이 되는 사랑의 실천이네
—「물에 대하여」 1연 중·종장

물이 고여 있을 때는 생명체를 키우고자 할 때가 대부분이
다. 숲 속에 있는 모든 생명체는 물이 있어야 살아갈 수 있
다. 처음에는 작은 풀꽃이 그 대상이 되지만 하나의 풀꽃이
모여 푸른 숲을 이룰 수 있고 더불어 산새까지도 생존할 수
있는 근원이 된다. 시인의 혜안慧眼은 이 모든 과정을 꿰뚫어
보고 있는 까닭에 힘이 들어 자칫 풀어지려는 마음을 단단히
고쳐 매고 있음을 알 수 있다.

가슴에 눈물처럼 맑은 빗물 모두어서
가파른 다랑논에 약수로 흘려보내면
생금生金빛 사랑이 익는 열매를 안고 웃네

―「남해南海 가천마을 사람들」 3연

　때로는 타자他者를 위하는 마음이 쉽지 않을 수도 있다. 그
러나 그렇다고 하여 포기하지 않는다. 가슴에 눈물 같은 빗
물을 조금씩 모아서라도 가파른 다랑논에 흘려보낸다. 물은
사랑의 실천이라는 것을 시적 화자는 알기 때문이다. 다랑논
의 입장에서는 약수가 된다.

　이처럼 지성찬 시인은 고여 있는 물을 통해 생명의 이미지
를 전달하고 있다. 생명의 이미지를 전달함에 있어 시인은
화려한 수사법을 동원하지 않는다. 핵심어를 뽑아 간결하지
만 명료하게 독자들에게 주제를 전달하고 이미지를 전달하
고 있다. 시조의 생명은 간결성과 명료성에 있기 때문이다.
또한 독자와의 소통을 원활이 하고 독자가 감동의 세계에 수
월하게 도달하도록 하기 위함이다.

3. 변모하는 물 : 자성自省 이미지

　누구나 알고 있듯이 물은 고체 상태, 액체 상태, 기체 상태
로 변모를 거듭한다. 이러한 현상은 자연의 이치에서 비롯된
것이다. 시인의 예리한 관찰력은 이러한 과학의 세계에서도

쉼 없이 진리를 찾아 통찰을 얻고 있다.

　　물이 따뜻하면
　　수증기로 올라가고

　　영하로 추워지면
　　단단한 얼음으로

　　적당한
　　체온을 가지면
　　부드러운 물이 되네
　　　　—「중용지도中庸之道」전문

　　물은 따뜻하면 수증기가 되고 영하로 추워지면 단단한 얼음이 되며 적당한 온도를 유지하면 부드러운 물이 된다.「중용지도」는 단순히 과학의 세계를 펼쳐 보이고 있는 것은 아니다. 인간이 가장 이상적인 형태를 유지하기 위해서는 한쪽으로 경도傾倒되지 않는 것이 중요하다는 것을 일깨워 주고 있다. 사람이 중용 상태를 유지하는 것은 범인들의 입장에서는 쉬운 일이 아니다. 끊임없이 자신을 살펴보고 반성하는 성찰이 있을 때 가능한 것이다. 시인은 이러한 자세의 중요성을 물을 통해 얻고 있다.

훌륭한 시인은 비유에 뛰어나다. 지성찬 시인은 '인간의 도'를 독자들에게 전달하기 위해 '물의 성질'을 가져왔으며 뛰어난 비유로 주제를 간명하게 전달하고 있다. 이처럼 잘된 비유는 수많은 말을 나열하는 것보다 훨씬 큰 효과를 가져올 수 있다.

한번 정제精製한 마음이라 하여 영원히 유지되는 것은 아니다. 흐르다 보면 자의自意나 타의他意에 의해 흔들리고 구겨질 때도 있다.

호수가 조용하니
하늘이 들여다본다

지나던 아이가
무심코 던진 작은 돌멩이에

호수도
하늘도 함께 울더라
구겨진 그림으로
―「작은 돌멩이」 전문

삶 가운데 끊임없이 찾아오는 위기로 인해 현재의 상황에서 변모를 시도해야 하는 시련의 순간도 있다. 그러한 상황적 이미지를 「작은 돌멩이」를 통해 시인은 독자들 앞에 펼쳐 보이고 있다. 아울러 독자 스스로 답을 찾게 하는 장치도 작품 내부에 숨겨놓고 있다. 지나던 아이가 무심코 던진 작은 돌멩이에 의해 호수도 하늘도 구겨져 호수도 울고 그 속에 담긴 하늘도 울었지만 마냥 울고만 있지 않으리라는 것을 독자들은 쉽게 안다. 호수의 속성을 알기 때문이다. 이러한 시적 전개 형식을 통해 시인은 독자들에게 스스로 정화淨化하여 본래 정합된 상황으로 돌아가야 함을 행간의 의미로 전달하고 있다. 호수가 그러하기 때문이다.

세월은 사람의 마음에 욕망의 때를 앉히며 물의 성분에 여러 가지 불순물의 때가 섞이도록 하여 본래의 깨끗한 상태를 흐려놓는다. 그러할 때 물이든, 사람이든 자신이 가지고 있었던 본래의 깨끗하고 순수한 정체성을 되찾기 위해 아픔을 감내해야 한다.

가파른 골짜기에
넘어지고 깨어지면서

때로는 거품을 물고

기절하면서까지

모든 것
다 털어버리니
맑은 옷을 입었구나
　　　―「골짜기에 흐르는 물」 전문

바위틈을 뚫고 나와
갈대숲에 상처 난 몸

자갈밭에 뒹굴어야
물빛으로 살아나서

비로소 맑은 물이 되어
하늘빛이 고이느니
　　　―「맑은 물에 대하여」 전문

「골짜기에 흐르는 물」이나 「맑은 물에 대하여」에서는 자정 (변모)하기 위해 스스로를 내어던지는 물의 아픔이 잘 나타나 있다. 가파른 골짜기에 넘어지고 깨어지기를 마다하지 않으며 갈대숲에 베어 상처를 입었지만 자갈밭에 뒹굴기를 주저

하지 않는다. 때로는 거품을 물고 혼절하기도 하여 죽음의 문턱에 이르기도 한다. 이처럼 자신을 철저하게 내던진 다음에야 본래의 물빛을 되찾을 수 있으며 그제야 하늘빛이 제 빛깔의 모습으로 물속에 담기게 된다.

작품에 있어 작가의 인생관·신념·경험은 배제될 수 없는 부분이다. 작가의 인생관이나 신념이나 경험은 작품의 모티브가 되며 주제와 연결되기 때문이다. 변모를 시도하는 물의 모습은 지성찬 시인 자신의 모습이기도 하다. 시인의 삶이 그러했음을 시조 작품의 구석구석에서 읽을 수 있다. 체험에서 우러난 경험의 노래는 독자의 깊은 부분을 파고들어 심금을 울리게 된다.

지성찬 시인은 자신을 성찰함에 있어 가장 경계해야 할 것이 위세威勢 또는 허세虛勢임을 「호박 넝쿨 그 허세虛勢」에서 노래하고 있다.

작은 한구석에 봄을 심어 올린 울타리
파도처럼 출렁이던 호박 넝쿨 그 위세를
지켜본 많은 풀들이 부럽게 생각했지

어느 날 심술궂은 아이들이 다가와서
슬그머니 그 뿌리를 뽑아버리고 나니

그렇게 힘없는 풀이라는 걸, 그제사 알았지요

자기의 근본 뿌리가 힘없이 뽑힐 줄이야
전혀 예상치 못한 한여름 어두운 밤의
자신을 돌아보지 못한 허망한 꿈이었다
　　―「호박 넝쿨 그 허세虛勢」 전문

　이러한 허세는 자신을 들여다보고 반성하는 자세를 가지지 못했기 때문에 당하는 낭패이며 허망한 꿈이라고 묘사하고 있다.

　지성찬 시인은 변모하는 물을 통해 자성自省 이미지를 전달하고 있으며 자성 이미지를 다각적으로 전달하기 위해 소재의 확장을 시도하고 있다. '물'뿐만 아니라 '호박 넝쿨'의 이미지도 가지고 와 허세의 어리석음과 자성의 중요성을 실감나게 노래하여 독자들의 마음을 감동으로 몰아간다. 소재의 확장은 「겨울 철새」, 「꽃을 피우다 보면」, 「아름다운 풍경」, 「연단鍊鍛」에서도 시도하고 있어 하나의 주제 전달에 여러 곡조의 노래로 독자의 마음을 흔든다.

　현대시조는 '시조성'과 '현대성'을 동시에 만족시켜야 하는 의무를 지니고 있다. 그래야만 시조의 정체성이 충분히 살아나기 때문이다. 앞에서 살펴본 바와 같이 지성찬 시인의 시조는 이 두 가지를 흡족하게 충족시키고 있다. 3장 형식과 격조의 변화를 시도하여 '시조성'을 만족시키고 있으며, 자신을 끊임없이 성찰하고 변모하여 우주의 생명체에게 삶의 원천이 되고 사랑의 실천이 되는 물의 이미지를 명료하고 간결하게 묘사함으로써 현대인의 찌든 마음을 위무慰撫해주고 있어 '현대성'을 충족시키고 있다. 지성찬 시인의 시조에서 시조의 형식은 답답한 감옥이 되는 것이 아니라 의미 확충의 역할을 하고 있다. 고시조의 곡조가 가사의 의미를 확장시켰듯이 현대시조의 형식이 의미 세계를 넓힐 때 현대시조의 위상은 견고해지고 한층 높아질 것이다. 이러한 관점에서 시조성과 현대성을 동시에 충족시킨 지성찬 시인의 시조는 시조의 위상을 한 단계 높였다고 할 수 있다.